歌集
再びの旅路

田口善登亀
Yoshitoki Taguchi

文芸社

はじめに

短歌という文芸に、退職後の趣味として、また生きがいとして老いの日々の生活の糧のごとく続けて参りました。

平成八年に歌集『旅路』として上梓致しておりますが、この度『再びの旅路』として上梓致しました。これらの短歌は、平成元年から十三年までの詠草の中から四百四十余首の歌を選んで纏めたものです。

これらの短歌は前歌集と同じように、「静」として日常のごくありふれた生活の中の情景を、「脱」として旅に出掛けた時に心に触れたことを、「動」として世の中の出来事を見て感じたことを詠んでみました。

本歌集で私の十三年間の生活の中でどのようなことがあり、どのようなことを感じたかを率直に纏めたつもりです。

ご批評、ご助言を頂き、今後の励みになればと思っております。

目次

平成元年（一九八九年）

「静」の世界

神さびし鹿島の宮の御手洗《みたらし》に薄氷《うすらひ》割りて汲む一杓の水

燠《おき》二つ寄り合うごとく老いふたり月の吐息か老梅の白

老梅のいのちはつかにともる庭浅き翳もつ自愛の
わが生

一天に清き薄紅を刷く桜澄みて静もる夕陽と競う

何億光年の彼方より届く星光に幸あり貧しき命を
晒す

葬儀より帰りし妻のおもむろに喪服と共に表情を解く

見舞終え帰る夕べの人群に命の重きを持ちて紛るる

富士ヶ嶺のなだり冬陽のきららして白光まさしく神の色見す

「老いて学べば死して朽ちず」の諭《さと》しさえ時間《とき》が
過ぐればやがて消えゆく

「脱」の世界

琉球六首

この平和知らず散華の乙女らよ哀しく青春の千羽
鶴は垂る

亡き戦友《とも》を贄《にえ》とし生き来て血ぬられし丘に去来す
昏き悲しみ

道の辺に家に似たる破風墓・亀甲墓・沖縄びと厚
く祖を尊ぶ

これの世は仮の世　財をかたむけし墓こそ久遠の
住居とぞ言う

守礼の門くぐれば続く石垣の戦火に潰えし王城の跡

戦いに潰えし王城の石垣を錘《おもり》のごとく翳を曳く雲

六百年村人の枯渇を救いたる絶えず湧き澄む金剛水を汲む

（道了尊）

一足が夫婦和合のいわれという大小の鉄下駄数多
置く寺

海峡を帰る船なし夢果てし鰊《にしん》番屋にまぼろしの
顕つ
（北海道）

再びを訪うこともなき日本の最北端の温泉《ゆ》に命を
洗う

見はるかす天涯の果巨いなる朱盆のごとき夕陽は
沈む

模糊たる果幻に浮く樺太を思郷止み難く建つ氷雪
の門

最果の岬に佇てばオホーツクの海よ哀しく汐騒響
む

「動」の世界

人民の解放なせしそのかみの名に負う八路軍はらからを射つ

即決の哀しき銃殺中国は無明長夜の冬の世に入る

抗議する若きらを殺し平和を保つ賢者の思想か非
情の自由

日本の政治を笑う一徹の男羨しき権威に無欲

（伊藤元総務会長）

悲劇の壁四首

一発の銃弾もなく一夜にて取り毀《こぼ》たれつ民族分断の壁

鉄条網・地雷源囲る厚き壁冷たき二十世紀の遺物となりぬ

太陽がコートを脱がすメルヘンの若きエネルギー悲劇の壁抜く

悲しみと憤りの壁の破片散る東欧に渦巻く思想の行方

東欧圏変革のうねり「ヤルタ」より「マルタ」へ亘る世紀の模索

平成二年（一九九〇年）

「静」の世界

あらたまる年の節目や遍照の天地の情けに齢一つ
越ゆ

ものなべて憩いのすがたに春動く生きとし生ける
幸を抱きて

趣味広く貧を言わざる父なりき諂《へつら》うこと無き血をばわれ継ぐ

大か小の乳房は問わず与えたる愛の重さを女は語る

呼吸《いき》寒く意識混沌の老友《とも》視れば涙押えかね病室《へや》を抜け来ぬ

現し世の愛染無限断ちて逝く老友《とも》の面輪の今はおだしく

亡き友は四苦を逃れし能面のごとくうつし世の表情を解く

亡き友に読経流るる花冷えの葬り路にして胸を吹く風

賀状のみに繋がり久しき老友のワープロの文字に貌の浮ばず

マラリアと飢餓の戦いのみ浮かびビルマの亡き戦友と夏を重ねる

疑わず青春を賭けし聖戦を今も問わるる四十五年目の夏

悠久の星に七夕の夜を会えり戦友への鎮魂歌《レクイエム》吾は
誦しつつ

汀まで雫連ぬる月光に散りたる「時間《とき》」の破片《かけら》を
拾う

歳晩の山路は春の匂いなく地に朽ちるもの皆寂か
なり

美しき矛盾と異国の記者は言う民族の誇り伝統の儀礼に　（即位礼）

華麗なる饗宴の儀を映しをりとはあれ貧しき吾が卓の餐

「脱」の世界

渦潮の暗き岩間に吸われゆく黄泉《よみじ》のくにの音が響かう

梅園に来りて安らぐ水車枯淡の音に響きて廻る

鉈彫りの諸仏の躯より湧きて来る慈しみは旅の心を洗う

しんしんと音なく霧のわたりゆく浄土の神への九十九折の参道《みち》

手作りの駄菓子屋軒を連ねつつこの路地菓子職人が今を息づく
（川越）

キリシタン殉教のクルス吹き上ぐる硫気に今も人は苦しむ　（九州）

指し示す指は焦れし夫を待つ蝶々夫人の像港の見える丘

空白の老いを充たしたる孫ら率《い》て島の荒磯に小蟹など追う　（猿島）

猿島に兵ら据えたる砲座跡ただに寂けく蝉しぐれ降る

赤煉瓦の洞《ほら》の落書の幼き字虚ろに暗し歴史の沈黙

「動」の世界

三顧の礼もて迎えり天皇の償いの言葉は日本民族を負いて

重き旅終えし大統領は五月空「無」を銘記して土産に遺す

ひたすらに連呼の声すこの選挙今世界史の何処に
位置すや

権力に軛《くびき》はめられゆく過程バルト三国の独立阻
まる

東独の国名消えてブランデンブルグ門に菩提樹散
れり悲喜交々に

自由なき国に抑留されし船員が言葉控え目に祖国の地踏む

人間のいのちの尊厳生体肝移植に親子の絆繋がる

東西の会談は重し激論も言葉である限り流血を見ず

平成三年（一九九一年）

「静」の世界

転びても追儺の福豆《まめ》を拾い合い血を流すなき平和を思う

亡びの前酔うごと燃えしもみじ葉の日本の美に言葉を探す

昼を点す小さき茶房の卓の上艶ある柿の秋を盛りたり

なんとなく会話も少なく過しつつどこかでつながる二人とう言葉

「脱」の世界

悲しみも苦しみも流すとう御裳濯《みもすそ》の川の流れに双手を浄む

生と死の二元相克を超越す即身仏の前にこごみて

（村上観音寺）

み仏は何故か高処に鎮まれる老いを鞭打ち石段登る

フランス二十三首

青き空白雲移るは変らねど九階ゆ見放《みさ》く町はとつ国

生れて日の浅き蒼き眼の女孫抱く命は重し淡きまどろみ

息子《こ》の部屋の壁に人間凝縮の表情持ちたる日本の
能面

滞仏の長きに仏語を解せざる留守居の電話は鳴り
止むを待つ

老いの貌おぼろに見ゆるかフランスの女孫ホヤリ
と微笑《えま》う愛しさ

子の躾酷しき母の高声に孫どちは老いのわが背にすがる

滞仏の長きに仏語を覚えざる別れは英語の謝辞を残して

長き日をむつみし孫らと別れゆく今日より寂しき明日かも知れぬ

凱旋門不滅の灯は燃ゆフランスの無名戦士の久遠の鎮魂

頂に登りて見放くパリーの街ひしめき合いて歴史の埋没
（エッフェル塔）

蠟の灯とステンドグラスの採光に浄闇の堂ぬちの深き静寂
（大聖堂）

幾世紀の波瀾の歴史を見続けしセーヌの流れに大
聖堂の影

見る人に多少の軽蔑皮肉絶望怖れを微笑に秘める
モナ・リザ
（ルーブル美術館）

二千年を匂うがごとき女体美よヴィーナスの持つ
息づくいのち

ミッシェルの門前町のトイレットの無言の女に一フラン（約二十五円）を渡す

（モン・サン・ミッシェル）

千年の歴史の孤島は陸《くが》に続き干潟は劫初の光をたたむ

千年の歴史に侵されず聳え建つ修道院の堡塁は迷路

黙深く削ぎ立つ岬に風落ちて地中海濡らす片割月夜

悪夢のごと立入禁止の砲座跡崩えて銃眼の数多を晒す

戦いの終りて用無き砲座跡荒果てしじみに夏草蔽う

平和とう語にさえこもる危うさかひねもす地中海
を仏軍機の飛ぶ

身につけし海軍帽・ベルトとソ連兵の売るを凝視
めり綻ろびし軍規

雲母《きらら》なすマルセーユの街のかわたれを一期一会の
旅に見納む

「動」の世界

戦争への破局の回避なし得ずに天を仰げる国連総長

衝撃とうありきたりの語で表せぬ世界秩序を変えしゴルバチョフ

民主主義自由への熱き種撒きしペレストロイカよ
ゴルビー君は

赤旗降り三色旗翻るクレムリン・セレモニーも無
く連邦一つ消ゆ

振向けば崩壊の年湾岸戦争に始まりソ連邦の消滅
に終る

平成四年（一九九二年）

「静」の世界

雲払い清浄無垢に装える富士ヶ嶺仰ぐ初春の朝に

碧空を截りて東京タワー建つ見渡す四方の無限無秩序

「よかったネ」と軽々交わしちょこなんと坐すきんさん・ぎんさんの二百歳の言葉

反省と膝にすがれる猿かなし無援のいのちを人間に寄す

古里の匂いと訛に包まるる老友に五十年の記憶を手操る

谷を越え尾根をまたぎて空に弛《たる》む送電線が木枯しに鳴る

仏壇の上に迷い来し幼鶯を窓より放つ父母のみ魂と

うつし世のはかなきえにしの師の葬り黒蝶よぎる大寺の道
（故中原朗先生）

寂寥と孤独を内に師は病みて静かなる絶唱をわれらに残す

老いてなお不確かなめおとの愛はありいさかいの言葉の針に蜜あり

ダイヤモンド・サファイアを画く闇の空花火は人間の香りなき夢

秋風が冷たき音色を攫《さら》いゆく仕舞い忘れし風鈴の
鳴る

「静の舞」老いの一念に舞殿の桜吹雪を浴みてわ
が見る（鎌倉）

右手のお指差す方追えど悟り得ぬヤグラの中の布
袋尊は微笑む

幽界の閻魔《えんま》十王像巡り来て延命地蔵尊の鎮座に安らぐ

悲運なる親王常に孤独にて高処の御陵を囲む玉垣

「脱」の世界

歳月の疾風雨滴が創りたる岩に彫られし阿弥陀像
浮く

露なる山肌めぐる浄土平　五月風寒きにつばくろ
飛び交う

日本一の高槻は鄙《ひな》に立ちそそり巨幹の命につつしみ触るる

（東根市）

苔むせる狭き古道は無韻にて汗ばみて二十七曲りの山刀伐《なたぎり》峠越ゆ

修験の聖地羽黒山頂の三神合祭殿に朝駆けにて詣ず

縄文の貝殻晒す城址に時間《とき》流れいて団栗の転ぶ

「動」の世界

倒れてもジョークが口をつきて出る大統領ブッシュ氏強かな所作

内助の功かくやマイクに向け語るバーバラ夫人の
面ゆるぎなし

冷戦で緊張を売り今は拝み手で核兵器売るロシア
の厚顔

シェークスピアに間違い喜劇というがあり今日英
に弾道ミサイル潜水艦進水

無罪評決に抗し一人の黒人の静かな祈りロスの片隅

バルセロナに国境はなし若きらよ「人間は一本の樹に繋がる葉」とカザルス

オリンピックは感動のドラマ勝者も敗者も苦に耐えし心を民族は学ぶ

下野《げや》をなす政界の「ドン」の落莫に上野の西郷像
を重ね寂しむ

「共和」に明け「佐川」に暮れて出口なき時の流
れの侘《わび》しき年の瀬

平成五年（一九九三年）

「静」の世界

七草粥すするあしたの湯気透《すか》し皇太子妃雅子さま
の開かれし微笑

孝不幸み仏にゆだね故里の墓地より今住む町に改
葬す

身に近き物に縋りて立ち上る老いの兆しの秋を知るなり

歴史には足音は無し近づきて過ぎゆく無数の足音に歴史

「脱」の世界

世界地図鋳込める「平和の鐘」撞けば鎮魂の祈り
いつまでも曳く

美しき寿齢を老いてなお執す厄除団子の一皿を食
す

清らかに沢水洗う山葵田《わさびだ》に群れ咲き白し安曇野の春

幽閉の絵島が悲嘆の囲み屋敷忍び返しの今も巡れり

慈悲妖艶怒りを秘めて四仏像の張りつめたる霊気を堂ぬちに浴ぶ

小網代湾を臨む断崖に道寸の墓が哀しく小田原に
向く

三浦の城落つる砌《みぎり》に詠みしはや「砕けて後は元
の土塊《くれ》」

世界一速きエレベーター何急ぐ七十階を四十秒に
て　　　　（ランドマークタワー）

フランス十一首

人間は飛行機に居て孤独なり頼る人無く国も見えない

車にて仏国《フランス》の麦畑をひた走るかつて中国戦線を人馬で歩みき

夜の明けをパン焼くる間の香ばしき匂いにフランスの朝が始まる

（コンピエーニュ）

中国の古き巨壺部屋隅に危うさ保つ孫どちのなか

神の愛の不変を信じ集い来るモンマルトルの丘白
亜の殿堂

百蠟の灯にステンドグラスの光を織る苦を負う旅
人はここに安らぐ

マロニエの木陰に名物の似顔絵描き数多屯《たむろ》し世界の顔画く
（テル広場）

マロニエの樹下に佇てる肌黒き自由の女神の原像仰ぐ
（公園リュクサンブール）

モンローのスカート押える一場面蠟人形は恥《やさ》しく佇てり
（グロービン人形館）

鸛《こうのとり》・ワインと年経し木組の家古りしも斬新な
アルザスの街
（ストラスブール）

木彫りの白き等身大のキリストを護るごと金色の
聖者ら侍る

ベルギー三首

ブリュッセル街角にして放水する小便小僧は意外
に小柄

世界中から衣服贈られ衣装持ちの小便小僧は裸が
似合う

日本の田舎に生まれし洟たれが老いてベルギーの
小便小僧に会う

オランダ三首

一椀の水に一片のレモン添えムール貝料理の手濯《すす》げとはにくし

「アンネの日記」綴りし少女のひそみ居し家に列なす世界の旅人

朝夕の出退勤時に銀輪の見事に連なるオランダの街

「動」の世界

愚直とも憲法第九条を護る祖国《くに》平和の走路を一周
先ゆく

何に殉ず戦場に送らるる国民は「国の為」「国連」
己そして無

「火炎樹燃ゆ」茫々の喜寿に甦る泰緬鉄道建設の
青春

幼児的深層心理赤ん坊はおしゃぶり軍は対空警戒
制機を欲る

平成六年（一九九四年）

「静」の世界

世の隅に恥《やさ》しく命かさね来し思いしずけく傘寿の
初春

かたちなき時間《とき》を不思議に意識する逝く鐘の音に
年改まる

ある日ふと禁煙をせり約束もなく一年を経て初春
の陽を吸う

初春の宴に集い酔うほどに老いの笑まえば誰も阿
羅漢

この小さき命ひとつも創れない人間の奢りスミレ
に思う

米作に関心うすきにコメで騒ぐ「あなた作る人わたし食うだけの人」

石流れ木の葉の沈む不思議とも家電会社が闇米を売る

死生観意識すること無く老いて死は向こうから来る迄を待つ

酉の市に熊手を買えり小さくも心奥に散る枯葉など集めん

「脱」の世界

旅人は滝の落下を前にして自然の愛にこころうるおす

箱膳型の台石に五升徳利と大盃を石塔とせし世界
奇墓石
（塩原）

渓谷を跨ぎて別館と結ぶ橋・水・風・音・空・四
季呼ぶ懸け橋

一筋の参道の果て松島の海光り見ゆ無韻の瑞巌寺
（松島）

華麗なる桃山様式の霊屋《たまや》守る殉死者二十基の宝《ほう》
篋印塔《きょういんとう》は

殉死の臣宝篋印塔と祭らるる武士道はかく非情の
粉飾

阿弥陀如来十六羅漢像の浮彫りのやぐらの壁画崩《く》
えうすれゆく　（鎌倉）

温泉の町に世界一とう花時計わが腕時計の刻みにも合う
（土肥）

「動」の世界

桜吹雪の入墨が裁く収賄のＴＶの時代劇を議員《せんせい》たち見てるか

クウェートの今日も砂漠に無残なる戦争の墓場虚《そ》
空《ら》に向く砲身

偶然こそ発見の女神チベットに埋れたる二千年の
巨大石窟

冷戦を復活さすごと韓国に低性能説あるパトリオ
ット配備か

国会は何も動かずただ愚あり愚公は誠で山を動か
す

こんなにも五輪で美《は》しく競う人間《ひと》が殺し合う不思
議ボスニアの人間

五輪後も人生の「金」身障者のための医学に還る
三冠コス選手

生きつぐに何をか言わん天恵のタイ米にて凌ぎし酷熱の密林

密林の泰緬鉄道建設に俘虜らと食みしタイ米思う

車椅子や病人も並む投票所人間らしく生きんとす南ア黒人の意志

ムンクの名画「叫び」戻れり戦争の無言の死者の
叫びの満つる

天安門の弾圧を自賛す頭《ず》を挙げて人権を嗤い歴史
に頭を垂れず

韓国に日本固有の埴輪出土《い》ず古代人に教えらるる
一衣帯水

極大の暗闇の奥に極小のメダカが生きて宇宙船に
在り

難民の「人間の河」虐殺のルワンダゆ流るる泡沫《うたかた》
のごと

人間の最新の契約と約束に光りあれイスラエル・
ヨルダンの交戦状態の終結

感動を忘れし世界を告発すピュリッツァー賞の
「少女とハゲタカ」

しぼり出すアジアの民の声を聴く深沈と聞く元慰
安婦の傷

領海もわが海ならず猟期来てロシア警備艇わが漁
船撃つ

ルワンダの難民救済の名のもとに機関銃一梃海を
渡りぬ

銃に替え松明《たいまつ》手にす独仏兵ブランデンブルク門に
並み撤退記念「歸營式」

荘厳なる落日に対く人のごと元大統領レーガン氏
は老人性痴呆症《アルツハイマー》を告白

革新とう語の色褪せたり新政権自衛隊安保原発も
容認

ノーベル賞受けし大江氏権力に距離置き後追いの
文化勲章を辞退

反発する理由などなし不似合と大江氏淡々と文化
勲章を固辞す

平成七年（一九九五年）

「静」の世界

己が身に香炉の浄煙を掌《て》に掬《すく》い包み労《いたわ》る大堂の前
（成田山新勝寺）

梢《うれ》に残す真っ赤な柿の冬景色このぬくもりこそ日本のふる里

激震に黙《もだ》せる人間賛歌あり奉仕《ボランティア》を模索す新人支援隊

人間も国も「一人」ぢや生きられぬ「近所」という言葉各国ゆ救助隊

「人間は天使でもなく獣でもない」暴力団員の献金に善意の判断は
（パスカル）

彩褪《いろあ》せし微笑《えみ》と憂いの揃い雛飾りて老妻は追憶の詩《うた》

干《ほ》し柿の素朴を愛す甘さの奥里《さと》の井戸端の日向《ひなた》の匂いす

六甲の山は笑わぬ季語も失せ被害の人らに春は遠しも

（阪神・淡路大震災）

魔火迫る瓦礫《がれき》の下より父は子に「もう行け」と
叱咤《しった》す覚悟の声に
（阪神・淡路大震災）

崩れたる家に佇《たたず》む老夫婦影無き焼野原はただ焦
げ茶色
（阪神・淡路大震災）

無党派層は無関心層に非ず二大都市知事に青島・
横山ノック当選

駅前で「タスキ」の人に「お早よう」と選挙の度
に出て来る「タヌキ」

葉が一枚ゆったりと落ち時間をば絵にするとこう
だとふわり着地す

町春草氏無心の運筆造形の精神《こころ》が描きし静かなる
「虚」

逝《ゆ》く年を惜しみつつ歩む車にて見過し居りし時間の回収

「脱」の世界

広大な庭園《にわ》に嬰児《こ》を抱く慈母大観音会津の虚空《そら》を抜きて直ぐ佇つ

三春の里に日本一の滝桜苔むす巨木は孤独に鎮もる

生きつぎて九百年のエドヒガンザクラ空洞《うろ》の梢《うれ》にはつか花咲く（蚕養《こかい》神社峰張桜）

風の神鎮める踊り「風の盆」八尾に夜は無し踊り狂える

菓子屋横丁は郷愁を呼ぶ子供の日走りて買いし駄菓子溢れり

（埼玉県川越）

再びのフランスを訪う三首

パリーでは国籍・身分・人種さえ単なる衣装ファッション擦れ交《か》う

書き割りの舞台のごと変わる鍾乳洞天然の彫刻は時間の至芸

（ＤＡＲＧＩＬＡＮ）

今もなほ苦や悲を背負う人々の貧者の燭に暗闇ゆらめく

（ノートルダム寺院）

ロンドンの土を踏む九首

車ごと白き有蓋車に乗り海底を三十五分にてドーバーの土踏む
（海峡トンネル）

ドーバーゆケント州の民宿《B&B》に落着きぬ首都ロンドンの拠点となせり
（Bed and Breakfast）

小駅ゆ初めて三色の横縞はカラフルの列車にてロンドンに向う

古色然とロンドン名物の黒塗りはオースチンのタクシー駅に客待つ
（ロンドン）

鉄柵を隔てて玩具のごとき兵一人宮殿に佇つ不動の姿勢
（バッキンガム宮殿）

九百年気の遠くなる歳月を威厳を保つ寺院を見上ぐ
（ウエストミンスター寺院）

英国で最古最大の城廓は湖《うみ》に浮べる小島を城とす
（ケント州リーズ城）

うつし世に贅の極致を残したる紋章の間・王妃の間・王妃の浴室
（ケント州リーズ城）

城内の庭に滾々《こんこん》と七百年絶ゆるなき泉に数多《あまた》のコイン
（ケント州リーズ城）

「動」の世界

知恵は海・権力は泥海《どろ》のごとチベットの仏教拡大を中国が抑圧

水干上がり歴史を語る地「彷徨《さまよ》える湖《うみ》」で中国また地下核実験

太平洋で住民無視の核実験パリーの屋根の下死の
灰は流れず
（仏核実験再開）

真珠湾の恩讐を越える五十年原爆展を中止す米国《くに》
の世論は

売込みに狂奔《はしる》兵器見本市そこに日本の姿なき誇り
（アブダビにて）

愚かなる国家的虚栄も「馬耳東風」中国大陸間弾道弾「東風」実験

誰《た》が為に長崎の鐘は鳴る国連軍縮会議被爆地に始まる

多く愛するものは多く許されるこの静かな声を核持つ国は抑止へ

日本画の枠《わく》越え終生を原爆に抗《あら》がい画きし丸木画
伯逝く

戦争を今も負う孤児ら中国の「残留」でなく日本
国の「放置」

和平の日サラエボの墓地に跪《ひざまず》く民衆を雪が埋め
てゆく

平成八年（一九九六年）

「静」の世界

生姜《しょうが》入り葛湯は燻銀《いぶしぎん》の色湛え静かな底に早春が沈めり

退社時の電車は満員吊り革に今日の疲れを誰も置きゆく

路地裏に沈丁花の香に次ぎカレー匂うここにも小さき春の団欒《だんらん》

生きゆくに無意識なるも愛はあり踏まれし草にも花は微笑《ほほえ》む

花筏《はないかだ》離れては寄り流れゆく追憶を生む里の静けさ

二千年経し悠久の蓮《はす》の実の今年もピンクの生命《いのち》を
咲かす

幅広く国民と共の「寅さん」の死、国民栄誉賞だ
「それを言っちゃおわり」だ

国民は縄暖簾《のれん》をくぐり快談し政治家は料亭にて極
秘で会談

整然と大黒埠頭に船を待つ輸出車輌に真陽光《て》り返る

陽気なるアメリカ娘袢纏に神輿《みこし》を担ぐに歩幅押えつ

到着の翌朝宿舎ゆ出で呼《よ》ぼう中国残留日本人孤児「おかあさん」

尻あぶるあの気分こそ仕合せとふる里の焚火の恋しき季節

過まてる人間の歴史負い持てる原爆ドーム世界遺産となる

「脱」の世界

朽ちかけし通りすがりのちっぽけな祠《ほこら》を初春の光は浄む

香取の宮参拝記念に厄落し団子が昼の食膳にのる

五十里湖は縹《はなだ》に染まり翳《かげ》もなし飛燕は一閃春を
曳きつつ

花の詩画に生命の尊さやさしさを口筆に秘め富弘
氏生く
（富弘美術館）

洞内の大地底に轟々《ごうごう》と澄みし水悠久の時を刻み流
れる
（龍泉洞）

名に惹かれ一度は訪いたく思いいし時得て浄土の
島を巡れり
（陸中海岸・浄土ヶ浜）

美女に在わす魚藍観音様港をば見守り居はすを足
下ゆ拝す
（釜石観音）

溪谷の流れに遊ぶ舟下りうぐい・鯉群あとを追い
来る
（猊鼻溪）

六角堂に六道輪廻《りんね》の台座をば廻して『転禍至福』を祈る
（水沢観世音）

斑鳩《いかるが》は国のまほろば万葉のロマンを尋《と》めて晩秋を巡る

温泉《ゆ》の宿ゆ林頭に点ず御来光に話題を折《お》りて両の手を合わす
（吉野山温泉）

彩色の壁画の男女《おめ》の静かなる穏しき生命感に古さを感ぜず
（高松塚古墳壁画）

白玉の細石《さざれいし》敷く山葵田《わさびだ》の冷たき流れに人ら働く
（大王山葵田）

「動」の世界

ミッテランの死で知るシラクの矮小《わいしょう》さ核実験のたび国威失う

「核の影」に怯え殺し合うパキスタン・インド核は人間の心こそ潜む

大気に満てる祈りの声と血の匂い聖都エルサレムに爆弾テロ続く

「山を移す」愚公は天帝を動かせど中国ミサイルは憫笑《びんしょう》を買えり

人から人に聖火は継がれ人種平等の尊厳を伝ふる五輪大会《オリンピック》は

「燈々無尽」やがて燃え尽きる蠟燭も次代へ伝播させてゆく平和の聖火

太平洋単独無寄港横断なる海がある故渡る「ホリエ方舟《はこぶね》」

海賊はドクロ旗掲げ国会賊は癒着《ゆちゃく》旗揚ぐ「族議員」復活

原発の「もんじゅ」の事故を動燃は単に「事象」
と「敗戦」を転進と言えるごと

アレキサンドリア港の海底に古代都市宮殿や図書
館ロマン膨らむ

李白は酒一斗にて詩百編を中国核一発に強弁百編

核の殻に海の響きをシラク聴《き》け生命《いのち》の故郷は海の
中にあり

平成九年（一九九七年）

「静」の世界

モネ画く「ル・アーヴルの港」そのままにオレンジの靄《もや》に初日の浮かぶ
（久里浜海岸）

「教科書に嘘を書く国は潰れる」と司馬氏は言えり家永訴訟終わる

幾千倍になるという僧撒く節分会《え》の「五円玉」を
競い拾う信者ら
(出世不動尊)

境内に心情凝縮の絵馬多数《あまた》願望《のぞみ》に相応《ふさわ》しき春見つけしや

陽の描く欅《けやき》の影も和らぎて並木の芽吹き春の助走す

炭鉱マンの涙持て閉ず世界一の技術と誇り持つ百
八年の歴史
（三井炭鉱）

「芝居といのち」は同じと語る新劇にかけし一筋
の杉村春子の一生

戦死せる友を迎ふる魂まつり盆会《ぼんえ》の花火に海の道
見ゆ

物忘れは「忘却の力」つきしものこれなくば人生
はより過酷と思う

我と息子《こ》と孫三代が我が家に揃い踏み八月生まれ
が盆会に集う

何時よりを余生と言うや重々と命歌うに歳月問は
ず

「脱」の世界

ひっそりと歴史の隅に人々の息づく渓谷《たに》の温泉《ゆ》に
深々沈む
（房総・養老温泉）

一期一会歴代天皇の御位牌を奉祀す泉涌寺《せんにゅうじ》に許
され拝す

歳月は広大な御所内に建つ数々の檜皮葺《ひわだぶき》の屋根痛く傷深し
（京都御所）

「観世音」の扁額の文字も剥落《はくらく》し詣でし菩薩の山頂に微笑《え》む
（布引観音）

愛の神祭れる愛染堂に歌碑建ちて愛染かつらの古りし大木
（信州鎌倉・北向観音）

真鯉・緋鯉・御手洗《みたらし》の下泳ぎ居て巨大天然記念物
硅灰石の寺
（石川寺）

永遠に昭和芸能史に金字塔館《やかた》は『ひばり』のす
べてを凝縮
（嵐山ひばり館）

峠越えのない旅は「餡《あん》のない饅頭《まんじゅう》」愛せし峠を
長野新幹線素通り

惨劇と復興を映し絶ゆるなく「ひろしま」の心未来へ流る　（大田川）

「動」の世界

この国の政治の貧しさ座礁せるタンカーの重油に「バケツ」のリレー

海鳥は悲しからずや黒き波柄杓で掬《すく》う江戸の時代《よ》の智恵

（ロシアタンカー座礁）

葬送の思考のびやか鄧小平氏の遺灰還りて大洋《うみ》を旅する

「小さな嘘より大きな嘘にだまされる」とその大き嘘を「動燃」はついている

（ヒトラーの言葉あり）

植民地支配終れり英国旗が五星紅旗に歴史の一章
（香港返還）

悲喜を超え諦観を頭に袋掲げ祖国の歴史信ずる難民の列
（コンゴ）

国葬に準ずる砲車に曳く柩《ひつぎ》沿道濡らす国民《たみ》の慟《どう》哭《こく》
（ダイアナ元英国皇太子妃）

ノーベル賞の化学の皮肉ダイナマイトがもたらす
金を地雷廃止運動に使う

衛星を手づかみにせる土井宇宙飛行士「怖さなく
落着いてた」と世紀の言葉

韓国の大統領に金大中氏悲願は三転四起にて成れ
り

中国と戦いし柊二《しゅうじ》歌に遺《のこ》す「戦争は悪だ」心底ゆ吐露（宮柊二）

教科書に従軍慰安婦《いあんふ》の記述の適不適「戦争は絶対やらぬ」本論が先決

平成十年（一九九八年）

「静」の世界

父遺す巨頭の書『至誠通於神』表装なして初春を飾れり
（頭山満翁）

妥協無き軍律駐屯地の衛兵は初春とは言えども朔風に佇つ
（久里浜駐屯地）

雪明けの老人会に集う友慰酒《なぐし》・笑酒《えぐし》に初春は明け
たり

吹雪く夜の底ゆ「たましい」を揺さぶるごと響く
三味線の音残し逝く
（高橋竹山）

里や谷に春は生まれて清水湧く季《き》長野オリンピッ
クに初の金メダル
（里谷・清水両選手）

キトラとう異郷的名《な》の古墳ぬち古代天体運行の星
宿図が眠る

海見放《みさ》く青草覆う裏山の碑面に揺るる木漏れ日の
かげ
（弟橘暖姫の碑）

甲子園の夢絶たれしも若きらは何かを学びすべて
勝者だ

木々により散るを急ぐ葉おくれる葉別れは立つ秋
恩人の息子《こ》逝く

悔いの無き自業自得の映画論「サヨナラ・サヨナラ・サヨナラ」の淀川氏逝く
（映画評論家）

ポケットにお金を入れては走れない「心に希望・頭に夢」金の笑顔
（高橋尚子選手）

各地にて桜は見ごろ「花見って」平和の配当人ら
享受す

現実論の安保に押され日本憲法土俵を割らぬが足
が掛かっている

「脱」の世界

日本最長関越隧道《すいどう》長かりき誰も黙せり明るむ陽を待つ
（全長十一キロ）

「ちちははをとしよりをこどもをにんげんのあるかぎりへいわをかえせ」碑文《ひぶん》の叫び
（峠・三吉平和公園）

曽遊《そうゆう》の瀬戸の島に絢爛たる西の日光「耕三寺」に詣ず
（生口島《きぐちしま》）

押し花に牧水の歌添えてありゆかしき奥飛騨の宿の夕膳
（奥飛騨・平湯温泉）

逆境を佐渡に託《かこ》ちて崩御の君宮居は古りて閑寂が覆う
（佐渡順徳天皇廟）

島唄の美声のドライバーの慰めもかなしきつとめを佐渡に聞くなり

湯畑の湯煙にかすみし石燈籠古き草津の顔は痩せ佇つ

「動」の世界

柩《かん》百壱個を腐敗分子に百残し一つを自に課す襟を正して　（中国新首相）

「日本をプラスに変えます」の公約も「参院選終わる」で賞味期限切れ　（自民党惨敗）

自己を律し妻への贈物も返させしガンジー暗殺五十年日本人の背任は

鮮やかに「以徳為鄰」と墨書なし江沢民主席仙台ゆ帰国

（中国首相）

「ほほえむ共産党《スマイリングコミュニスト》」が流行語の特別賞「ボキャ貧」の小渕さん不況に策なし

（外国プレス）

平成十一年（一九九九年）

「静」の世界

今世紀最後の卯《う》年われの干支《えと》「玉兎賜福」の賀詞を頂く

県木の広場を統《す》ぶるシンボル・ベル老妻と曳き合う幸を呼ぶ鐘
（久里浜緑地公園）

盲点のごとく大都市に孤独あり伝言ダイヤルに若きら溺るる

江戸前の素敵な喜劇役者《やくしゃ》「田沼則子《ただし》」役場で「のり平」女にされき（故三木のり平）

客降りし空席前に主婦二人互譲？　若さ？　立ち続けおり

臆すなく嬰児《みどりご》背負い幼子の手をとり園にほほえま
し主夫　（育児パパ）

梅雨を言う歌人は雨音・作家は匂い・書家は筆の
温り我は空を見るのみ

江藤淳氏「病苦に堪え得ず形骸を断ず」遺し妻に
殉ぜし美学

傷つきて退《しりぞ》く山路に英軍に救われ知りし敗戦

八・一五　　　　　　　　　　　　　（ビルマ戦線）

言の葉を信頼する人々の美しき言葉の織物の

『折々のうた』

人間は「数」に興味を持つスタンプの平成十一年

十一月十一日郵便局に列なす

悠々と冬空低く円描く鳶《とび》も地上の自由を見ている

「脱」の世界

半世紀過ぎれど平和の灯は燃える「祈りの泉に」

魂を沈めて

（広島・平和公園）

壁のみの原爆ドームの前に佇つ「平和の塔」の梵鐘《かね》の音重し
（広島・平和公園）

荒涼と廃墟のままにみずからの昃《かげ》りをまとう原爆ドーム
（広島・平和公園）

悲しみを永遠に秘めて黙し佇つ世界遺産「原爆ドーム」虚し
（ユネスコ世界遺産）

「動」の世界

独断の「命のビザ」にて六千のユダヤ人救う大戦
秘話の杉原千畝《ちうね》逝く
（領事代理）

核兵器で空《から》の胃袋満たされぬ極貧国を超大国にし
ては呉れない
（パキスタン・バク首相）

コソボの紛争戦火の果てに勝敗なし苦しむは常に
無辜《むこ》の国民

「を」が「に」に替り「沖縄を返せ」が「沖縄に
返せ」と唄う一字違いが千歩の隔たり

平成十二年（二〇〇〇年）

「静」の世界

いつ逢えるいつ忘れるや震災の街死者に鎮魂のローソク一万五千本

「わたしには死ぬとう重き仕事あり」昏睡のなか作家魂の叫び

（故三浦綾子氏）

野党抜きの国会無残「大衆はものを書かない批評家」と味わい深き

女性知事生まれしも投票率低し圧勝・完敗でもなし「ま・やってみなはれ」冷めている

一斉に蒼空に向け辛夷《こぶし》咲く一葉も纏わずすがしき花群

「能書きはいい　飲めばいい」の宣伝《コマーシャル》にひとり
笑みつつ酒を友とす

月刊誌『平和と軍縮』を続けし政治家の範確たる
信念の人逝く
（宇都宮徳馬氏）

追慕の念止み難き皇太后さまの「斂葬《れんそう》の儀」に両
殿下に続く千余人の参列
（香淳《こうじゅん》皇后）

夢の甲子園に有珠山被害の虻田高主将始球式に一球のみ投ぐ演出にくし

人生の哀歓を刻む象徴かネクタイ繋ぎ縊《い》死《し》せる副社長
（そごう倒産）

この暑さ晩夏に潜む小さき秋感じる余裕を団扇《うちわ》を持て流す

芸人には勲章は「金」でも「肩書」でもない人間
の芸こそと「ミヤコ蝶々」逝く

孫娘希望に溢れ入学すわれには未知の「情報ネッ
トワーク学」

逮捕連行の重信房子臆面もなく手錠の両親指立つ

何を「頑張る」？

十日間喜び呉れし孫ら帰仏老いに残せし「おいしい」「ありがとう」の日本語

久里浜を昨朝発ちし孫五人今朝傍《そば》で甘えるごとパリーゆ電話《テレフォン》

「冷めしピザ」と揶揄《やゆ》されしとき宅配ピザ振舞う戯画化平然の首相

（小渕首相）

半世紀時代《とき》を間違え生まれしか「教育勅語」「神の国」に到る首相の発言
（森首相）

遠くより聞こえ来るごと「春昼《しゅんちゅう》」の切実感なき首相の演説
（森首相）

「何もない所にレールを敷く希望」柔道に悲願の「金」を挿頭《かざ》す君
（田村亮子選手）

オリンピックの主役は黒人帰化したる国々を背負う民族の共生　（シドニー五輪）

人間の感情の「祭典」は五輪《オリンピック》・喜怒哀楽・期待・落胆・誇り・同情

国籍は人々を隔てる壁でなく文化を認め合う五輪人類史

判定にひと言も言わず惜しくも「銀」柔道日本の
敗者の美学
（篠原選手）

好きな歌は中国国歌「歌えと言われるなら皆さん
起立」と人心をつかむ巧みさ
（朱鎔基首相）

「脱」の世界

「天上天下唯我独尊」邪気払い春を領して富士ヶ嶺の清澄（熱海梅園）

早春の伊豆に三大の花見なす梅園（熱海）・椿園（伊東）・河津は早咲き桜

老松のうろなす樹根渦巻きて北陸の古寺にはるばる詣ず

（永平寺）

荒涼たる垂直の奇岩並列し柱状節理を人は恋うらし

（東尋坊）

二〇〇〇年を寿き宿にて餅を搗《つ》く老いの初春を目出度く食ぶ

（下部ホテル）

「未在」という禅語の書掲ぐ究極なき未完成の老いを旅に諭《さと》さる　（塩原温泉）

「動」の世界

インド機の人質解放とロシア大統領辞任の大ニュース千年紀《ミレニアム》終末を走る

二〇〇〇年代を迎えし地球の全体像を捉えしエン
デバー号百八十周の旅

四面楚歌の状況さえも気付かず二百万票の驕れる
「裸のノック知事」退場

分断と抑圧の苦を知る金大統領にタラップ下金総
書記の予想外の歓迎

平成十三年（二〇〇一年）

「静」の世界

強がれど寂しき精神《こころ》の風景と見ゆる今年の成人式は

前かがみに傘傾けつつ雪のなか責任・義務・習性
持ち朝の勤人《つとめにん》

百八歳の「ぎんさん」は逝く天地《あめつち》に別れし姉追い
黄泉《よみ》に並ぶや

鞦韆《しゅうせん》に老いの孤独を揺らしつつ公園《その》にひとときを
安らぎ過ごす

瞬にして美談が悲劇にホームより転落者を助け死
す日韓の若人二人

異文化の新たな飛躍は民族を越え飛びたたんとす
壁画の朱雀《すざく》
（キトラ古墳）

敗戦は言葉にし難き空白を「リンゴの唄」にて苦《にが》
き時代《よ》の開放
（故並木路子さん）

「履道應乾《りどうおうけん》」身を退《しりぞ》きて物事を見よ視野拓《ひら》くと
寺訓を掲ぐ
（慈眼院）

日々小さき「いさかい」持つ我《わ》に先生の亡妻《つま》恋う
ひとしずくの恋水《なみだ》の歌集受く
（歌集走水）

「脱」の世界

次男坊の住む街、フランスのコンピエーニュ二十一首

息子《こ》ら一家フランスの庶民にとけ込みて狭庭持つ
家新たに購《あがな》う

睡蓮の小池に色美《は》しき鯉放ち鶏・子猫は孫らのは
らから

フランスの孫らに「ペタンク」を教えられ興ずる
老いの初心者たのし

フランスの嫁の手料理に慣れてゆくましして食事に
楽しきワイン

息子《こ》の庭に撒きしパン屑に集い来る日本と変わらぬ小さき雀ら

歴史の時間《とき》刻む天然の時間のごと再び相合う静けき川波
（オワズ河）

名も知らぬ小鳥の声も樹にひそみ遊歩路全体がさえずっている

街道に掲ぐる仏語の公告板解き得ぬ不便を歎くひととき

市営バス無料と聞けど循環の地図不案内にて見過し歩む

パリーより息子《こ》が購《あがな》い来し日本の新聞《ニュース》食い入る二十日振りにし

十字路には季節の花匂う円型の花園を置くコンピエーニュの街

皿のピザ上手にナイフとフォーク持て二歳の孫娘《まご》食む危うさに見ている

玉蜀黍小麦の熟れし広大な畑に歓喜の八月の風

車をば欠がせぬ仏人道狭《せ》ばむ両側に駐車すも無法
に当たらず

孫娘《まご》と老妻《つま》率《い》て渡仏し一ヶ月ボンジュール《（こんにちは）》とメル《（ありが》
シー《とう）》で他は息子が口添え

街を統ぶ市役所前の花園に乙女の馬上像愴然と建
つ
（ジャンヌ・ダルク像）

米飯に「海苔」「ふりかけ」を孫好む日本人の血
がフランスに流る

食事にはワインを楽しむフランスの庶民の生活に
ようやく馴染む

バイオリン奏でる孫男《まご》に感動す音楽を愛《め》でる国に
来ている

仏の女性との出会いは知らずすこやけき子ら五人と息子《こ》広き家に住む

犬糞の垂れ流しをば気に止めぬ仏人の意外性を見し文化の街に

再びのパリー八首

ナポレオンに征服されし死者の声一つだに聞けず
戦争画の間
（ヴェルサイユ宮殿）

庭苑を二頭立ての馬車で巡りたり乙女の馭車の
「ムチ」さばき美《は》し
（ヴェルサイユ宮殿）

レストランのテラスは何処も人集い「時間《とき》」を楽
しみ苦を夜に流す
（セーヌ河畔）

伝統が今も生きるセーヌ川橋に紋章両側に黄金の騎馬隊
（アレクサンドル三十世像）

美しき繊細なデザインの鉄骨を今も美醜を問う議論絶えざる
（エッフェル塔）

凱旋門ゆ独立記念日の行進に感動を分ち平和を謳う国民《たみ》
（七月十四日、仏独立記念日）

ファッションの華美なる演出に眼を見張る軍事パレード二時間に及ぶ

空港に離仏の挨拶は孫たちの口づけ《キス》にこみあぐもろき老いわれ

（シャルル・ド・ゴール空港）

「動」の世界

法案を「おつは」とぞ通過さすが与党の特権のご
と春寒き永田町

崩壊の家に嬰児《こ》を抱き母死せり奇跡か子は生く
生命《いのち》のけなげさ
（インドの地震）

「我々の痛みを相手に共有させるは投石と銃撃しか無し」と誰にも暗く響く
（パレスチナ人）

米原艦による日本漁船沈没と聞くも「健康管理」とゴルフ続けし
（森首相）

岩壁の世界遺産の二大仏をためらいも無く破壊す若き兵士の妄信
（タリバーン）

政官界謝まる気なきに「まこと遺憾」ごまかす誤用・悪用の言葉

政界の左右の横揺れ民の縦揺れ千葉に無党派の知事当選す　（堂本暁子知事）

六十歳の米大富豪二十五億円の宇宙旅行帰還桁違いの無駄か余地か

天をこする摩天楼に飛機めりこみぬ交わる筈なき魔の糸結ぶ
（世界貿易センタービル）

テロリスト乗っとり機をビルに突入す看陸訓練なき「弱者の強さ」

「ピカドンはひとがおとさにゃおちてこん」半世紀世界に発せし日本のメッセージ

おわりに

「人の一生は旅」と言われる。また、「旅をすることは生きること」とも。

旅は新たなエネルギーをもたらしてくれる。旅好きな者にはたまらない実感がこもった言葉と思う。

世の中には、君の書いたものをちゃんと読んでくれている「具眼の士」がいる。小さなものを書く時はその人たちに向かい、本気で書く。

その心がけを忘れずに、一期一会と心にとどめ、新しく歌集を得たことに感謝し上梓の挨拶としたい。
なお、出版に際し大変お世話頂きました文芸社の皆様に感謝申し上げます。

平成十五年一月

田口善登亀

著者プロフィール

田口 善登亀（たぐち よしとき）

1915年（大正4年）、岡山県生まれ。
岡山県立商業高校卒業。
1996年（平成8年）、歌集『旅路』上梓。

歌集 再びの旅路

2003年4月15日 初版第1刷発行

著 者 田口 善登亀
発行者 瓜谷 綱延
発行所 株式会社文芸社
〒160-0022 東京都新宿区新宿1－10－1
電話 03-5369-3060（編集）
03-5369-2299（販売）
振替 00190-8-728265

印刷所 株式会社エーヴィスシステムズ

ISBN4-8355-5530-9 C0092